Disney · PIXAR

Les **bagnoles**

D0439214

LA FÊTE SURPRISE DE
MATER

PRESSES AVENTURE

Pour Lilly et Lucy —M.L.

Publié par Presses Aventure, une division de
Les Publications Modus Vivendi Inc.
55, rue Jean-Talon Ouest, 2e étage
Montréal (Québec) H2R 2W8
CANADA

Éditeur : Marc Alain

Publié pour la première fois en 2012 par Random House
sous le titre original *Mater's Birthday Surprise*

Traduit de l'anglais par Emie Vallée

Dépôt légal — Bibliothèque et Archives nationales du Québec, 2012
Dépôt légal — Bibliothèque et Archives Canada, 2012

ISBN 978-2-89660-407-4

Nous reconnaissons l'aide financière du gouvernement du Canada par l'entremise du Fonds du livre du Canada pour nos activités d'édition.

Gouvernement du Québec — Programme de crédit d'impôt pour l'édition de livres — Gestion SODEC

Imprimé au Canada

LA FÊTE SURPRISE DE MATER

Par Melissa Lagonegro

Illustré par Disney Storybook Artists

PRESSES AVENTURE

C'est l'anniversaire de Mater. Ses amis lui font une fête surprise.

C'est un secret!

Flash pilote l'opération.

Chacun a son rôle.

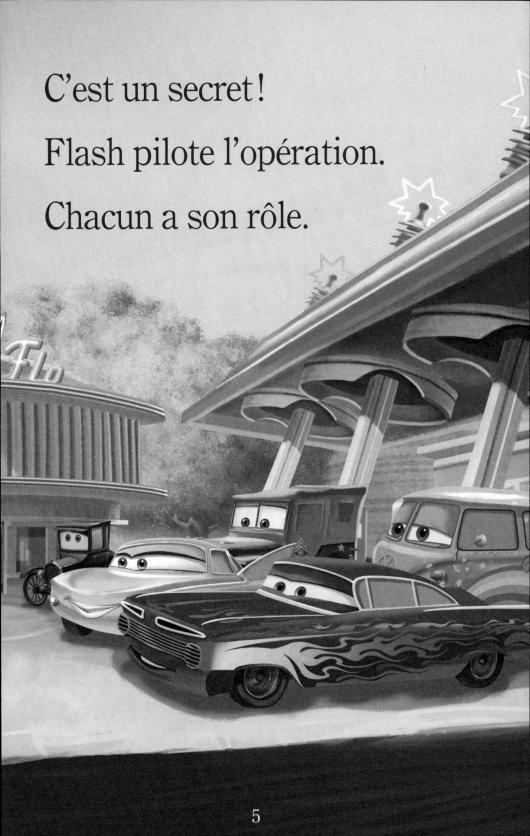

Luigi gonfle des ballons
avec son gonfleur à pneus.

Guido fait un faux gâteau
avec des pneus.

Fillmore prépare de
son savoureux fioul.
Mater adore ça.

Jeff Gorvette fonce.
Pas question d'être
en retard à la fête !

Flash place les jeux pour la fête. Mater adore les jeux.

Il aime jouer à «pique le pare-chocs de la voiture».

Sally emballe les cadeaux : un crochet de dépannage neuf et un enjoliveur rouillé.

Flo accroche des banderoles et des guirlandes. Red en suspend sur son échelle.

Ramone décore un
capot pour Mater.

Les amis de Mater arrivent!
Sergent les guide
vers la fête.

Ils sont silencieux.
Il ne faut pas que
Mater les entende !

Finn et Holley sont
en ville pour la fête.

Ils sont en mission ultrasecrète : ils ont un déguisement pour Mater.

C'est la fête ! Les cadeaux sont prêts, les guirlandes sont accrochées.

Mater arrive !

Les voitures se cachent.

Flash attend Mater.

Surprise !

Ce n'est pas Mater.

C'est Lizzie avec les

chapeaux de fête !

Où est Mater ?

Flash part à sa recherche.

Il cherche dans la ville.

Shérif, lui, cherche sur les routes de campagne.

Flash et Shérif sont
de retour à la fête.

Ils n'ont pas
trouvé Mater.
Mais où est-il?

Surprise! Mater fait disparaître son nouveau déguisement.

Est bien pris qui croyait prendre !

Mater a bien
eu ses amis !
Il a bien ri !

Mais il rit et joue encore plus
à sa fête d'anniversaire.

Joyeux anniversaire, Mater !